이별 후의 이별

이별 후의 이별

장석원 시집

K
POET

아시아

차례

이별 후의 이별

POET

이것은 풍토병에 대한 지워진 연대기

지금 사라져가는 저 구름은 언제 발생한 것인가

탄자니아는 나를 표범으로 만들었다

기뻐서 만세 부른다

얼룩말을 보자
갑자기
송곳니가 자란다

두려움 잊고 내딛는다

배고프다 오차 없이 움직인다

태어나기 전의 바람처럼 나는 무한 귀환할 것이다

Invincible

바람에 빨려들던 갈기
움직이는
햇빛 절벽 균열

늑대의 질주처럼
지상에서 지평으로

초록, 발광(發光)하는 징
울린다 징 박아라 징 징
초록 심장 터진다

하늘과 배를 맞댄 초록
서로를 흡착한다

눈구멍에 모래가 흘러든다

*

이곳에서는 결코 생사를 알 수 없네

끝과 끝을 무너뜨리는 전사의 숨소리

먼지의 증오

지나온 길을 불사르며 달려드는 원점회귀의 불꽃

내가 소멸하는 광경을 지켜보았다

봄, 비명

침대
로부터
식탁
으로부터

약병
추락하는 순간

다른 얼굴이 도래하고
다른 얼굴 밑으로
나는 녹아든다

터진 아이야
잠긴 아이야

물속에서
너는 울 줄 모르는데

껍질을 뚫고 나오는
뾰족한 너
깨금발로 뛰어가는 봄

아이들이 떠났다

초록
드릴
냉이
배꼽
굴착중

Daddy cool

나는 창백한 공처럼 부풀어 올라요
구멍 난 후에 불티를 날름거릴 거예요
비둘기 한 마리 푸드덕거립니다
날 닮아 유순하죠 원한다면
더 순종할 수 있어요

팽창하는 우주를 생각해봐요
당신이 그곳에 거주하니
나는 망가지겠네
당신과 가까워지고 있으니
나는 행복하겠네

기꺼이, 궤도, 수정하겠어요

내벽이 축축해졌어요
변성기가 지나면
혈류량 늘어나고
수소처럼 고양되고
수소처럼 맹렬해지고

내 인생은 어떻게 마무리될까요
눈 깜빡할 사이에 멸망하겠죠
어떻게 내가 당신만 집착하겠어요
아디오스, 아디다스, 아도니스

그 많은 사랑을 어떻게 나에게만 쏟겠어요

매칸더 브이처럼 결합되기를 원해요

고깃덩어리 깊게 깊게 넣어줘요
나를 단백질로 분해해줘요

프리즘

어떻게 그 일이
어떻게 그런 사랑이
비롯되었나

창밖에 벌름거리는 그림자
어둡고 차갑고 얇다

하늘 말갛게 비워지는데 우리는

서로 몸을 채우겠지 밤이면
서로 쿵쿵거리겠지
서로 소화하기 위해 붉은 살 베어 물겠지

골편 사이로 빛 퍼지는데

하지(夏至)

어떤 고요는 사실

당신이 나를 여위게 한다
그림자 기어간다 길어진다

당신의 느린 하품을 기억하기 위해

엷은 바람

백주(白晝)의 순환도로를 달리는 차 속에서
당신은 고독하다고 중얼거리겠지만
당신이 나를 기억하는 순간

나는 당신을 삼키려 입을 벌리고

당신은 나를 잊기 위해 먼 곳으로 도망가고

구취가 생생하다

공포 접종

연가

언젠가 가겠지 푸르른 이 청춘, 마침내 흘러갔다, 그렇게 흘러간 세월 네월아, 나를 알기는 하니? 돌아서서 그렇게 흘러가기만 할 거니? 시속(時俗)이 나를 타격한다, 시원하다, 당신과 함께라면, 썩어도 좋고 시든 꽃잎이어도, 좋아라 좋아라, 이럴 때 (어떻게? 멜랑콜리하게! 어떻게? 푸른 불빛보다 깊게!) 우울에 빠지면 되는 거야? 그렇게 흘러가면 되는 거야?

그게 용서란다 미란다

마돈나처럼

당신과 모든 것을 나눈 밤, 그 밤이 다시 온다면, 당신이 날 더듬고 느끼고 영원히 당신의 것으로 만든 그 밤에 나는, Papa, Don't preach! 말없이 그냥 가지세요, 우리는 깊은 사랑에 빠졌어요, 나눈 것이 너무 많아 분리할 수 없는 지경에 이르렀어요, 당신의 은혜가, 푸른 빗줄기가, 당신의 말씀이 지금 당장 필요해요, 나는 당신을 짊어지고 신부처럼 천천히 행진할 거예요

1단 로켓 분리, 안녕

Blue light Yokohama
돌아왔어요 당신을 만나기 위해 비 내리는 요코하마 부두에 찢어진 우산을 들고, 시바처럼, 당신이 나타날 때까지 기다리고 있겠어요 요코하마의 불빛이 나를 감염시켜요 나는 혀 빼물고 젖어가요

울고 있는 나를 멱살 잡는

헤어진 사람이

사라지는 나를 쪼개지는 나를

껴안는다

쓸쓸한 카세트테이프

숨겨놓은 햇빛을 찾은 듯해요 플레이 버튼을 누르
자 흘러나오는 부루 라이또 요코하마

일엽편주에 마음 싣고 돌아왔어요 흔들리며 흔들
리며 가라앉을 듯

가슴에 안겨 울려고 돌아왔어요

가등이 너무 고와요

요코하마에서

우리는 행복했어요

돌아설 때마다 나는 푸른 빛 속에

햇빛에 그림자 절반을 물어뜯긴 까치와 참새

머리 깨져 피 흘리는 불한당 같은 새들

잊을 수 있다면

관세청 앞

햇빛 속으로

굴러가는 축구공

혼자 먹는 김치볶음밥, 꽃샘추위, 잉크빛 저녁

닐리리야 닐리리 닐리리 맘보

모래처럼 다정하게
우리 사랑 찢어진 타이어처럼 녹슨 탱크처럼

나에게 보살핌은 필요없어요 나는 당신을 사랑하
지만 주철빛 바다 앞에서

사랑은 되풀이될까요 그토록 미워했지만 또 그리
워지는군요 누군가 조작하고 있어요

당신의 입술 벌어지듯 파도는 하얗게 갈라지는데

불가능한 바람과 바람 불어가네 멀어지네 불빛 사
이로 흩어지네

연애의 기술

어떤 변화가 있었어요 사랑을 향해 용맹정진했어요

불타는 눈동자 — 윤수일 풍으로 — 목마른 그 입술
흩뿌리던 파란 빗방울보다 선명해 선명해

모두가 우리 사랑 비난한다 해도 단풍잎 하나가 우
리를 질투한다 해도…… 다시…… 사랑의 노예가 되
었겠어요

돌연변이

과거의 습격에
나가 떨어진다

패배를 자인한다

웃어도 이빨이 보이지 않는다
캐롤이라도 부르고 싶다

변기에 앉아서 한국을 읽는다
역사는 박장군이 죽은 후
주무를 수 있는 반죽이 되었다

1979년, 국사, 물질명사

불꽃놀이, 민주주의

혼란 속에서 현실은 절박하고
당신은 잠깐의 착각 사랑은 착란
미래는 실패 들끓는 백혈구
우리들 모두는 피곤하다

광장에는 일찍이 없었던 군중
미녀대회의 왕관을 쓴 것처럼
나는 즐겁고 거리의 치안은
황홀하다 마취제가 주입되는 쾌감
나는 분연히 변신하는 중이다

단재(丹齋)

봉기는 사라졌고
몸은 풍장되었다

사랑은 끝난 것일까
무엇이 없어진 것일까

바위 속에서 나를 꺼낸다
허공에서 그림자를 캐낸다

깨진 장미, 눈물의 곡면, 검은 후회의 얼굴
내가 데려온 오래된 발자국, 피의 느린 응결

돌아가서 할 일이 있다면, 부끄러운 몸으로
붉은 혀로 기록할 것이 남아 있다면

나는 돌아서지 않는 화강(花崗)의 심장이 되리

꿇었던 무릎 곧추세우고 걸음 내디딘다

장강(長江)에서 귀래(歸來)까지 그날부터 오늘까지
돌에 갇힌 불은 꺼지지 않았다
화염 영혼

나를 박피(薄皮)된 역사 위로 끌어올린
오래된 치욕이여

무장(武裝)한 침묵이 들리는가

여기, 이방(異邦)에서

절망이 사치가 되었다
그것이 정직이라고 믿었다

우리는 완벽한 허위
해결책도 없이
촛불 꺼지듯
사랑은 끝나고 말았다

나는 지금 궁기를 느낄 수
없다 너무 많은 용서 때문에
내 얼굴을 모르고 네 얼굴을
태우고 그들 앞에서 공포도
지워버렸다 분노 때문에 발기되기도
했다 그것이 지난 세월의 열기였다

패배 앞에서 울 수 있는 이유
포기하지 않았기 때문이다

문을 열고 받아들인다
갑자기 한증막이 된다
부드러운 날숨 때문에 눈물이 날 지경이다
사상을 실천할 때도 너를 처음 안을 때도
우리는 신념 때문에 서로를 지워버렸다
자해와 봉헌이 우리를 절정으로 이끌었다

숙이고 눈물 흘릴 수 없다
광화문의 불빛을 바라본다
일그러져 신음하는 너를 끌어안는다
나는 아직 너를 버리지 못했다

Superman returns

좌에서 우로 날아가는 화염병
백골단 투석전
정확하고 집요한 단절

회색 영혼만이 열망을 기억한다
유토피아는 허구이고 우리의 이념은
거짓이었다 그때 사우스포 저격수는
최루탄 가루를 뒤집어쓰고 혼자 서 있었다

내가 직조한 환영
피 묻은 작업복 역시
순진한 공상임이 증명 없이 밝혀졌다

불변하는 유일한 것, 사랑은

나 스스로를 먹여 살리기 위한

순수한 신념, 사랑은

실체도 없이 나를 지배했다

붉은 제국과 장군의 핏방울

별들이 소곤대는 홍콩의 밤거리……

학습하며 투쟁하는 이 몸을 사 가시면

반드시 혁명 기계……

노동 해방과 미제 축출이라는 강령이 있었다

It's a miracle, baby

전향서

인간의 비명
고통의 편년체로 기록된다
오늘도

절규하는 세계 속에서
우리를 지탱해온 것

우리는 어리석고, 사랑은
더럽고, 마지막 사랑은
부끄러움도 부숴버리고

익사하려고 다짐한 고래처럼
돌아가겠지만, 사랑을
반복할 수 없다는 것

수긍하면서, 우리는

우리 곁으로 돌아온 바람의 턱에
어퍼컷을 날려보지만
우리를 데려가는 거대한 그림자
몸을 잃어버린 자는 바로 나

까마귀의 부리, 허공에서
벌어졌다 닫히는 아가리
잔인한 생멸 이별
우리가 겪었던 패퇴

책상 위의 머리카락 환형동물 같다

손발을 잘라낸 우리의
소원은 통일? 아니,
민족해방? 아니?
우리 불발탄? 그럼 그럼

우리는, 우리를, 우리는
습관적 패배자, 끝끝내
사랑은 불가능? 해 해 해

Hero

가지를 물고 꼭대기로 날아가는 새
진보의 끝
망상적인 외로움이 파괴되자

그 누구도 조국을 배신하지 않았다
아름다움이 실현되었다

너는 전향을 위해 나를 이용하고
나는 너를 위해 열렬히 나를 소모한다

상처를 노출시킨다 변태한다
잠적하기 위해 체모를 밀어버리면
우리는 안도감에 젖겠지

세상의 개변을 이루기 위해

할 수 있는 것이 없었다

(미래를 위해 순교 고독 앞에서 동맹)

투쟁과 윤리와 노조는 사어

불가능한 행복을 향해

나는 손오공이 되어

날아오른다

(근두운!)

긴 권태와 짧은 공포여

세상은 더욱 잔인해지고

우리는 우리끼리 마스터 앤 서번트 플레이

Under construction

우리는 얼마나 가늘어지고 있는가

쪼개진 바위가 아물까

한 사람이라도 구할 수 있기를……

현수막과 전단이 밟힌다
태극기 행렬이 다가온다

나의 운명이 사랑 때문에 바뀌는 일은 없었다

지금은
살을 뜯기 위해
되살아난 사람들이

주린 개들이
어슬렁거리는 시간

사랑받은 만큼
내가 사랑한 만큼
다시 너를 사랑한다면
나는 정수리를 돌로 내리찍을 것이다

네가 나를 축성한다

나는 나를 도축한다

다리미 행진곡

가자 다림질

너와 나의 차이를 없애고
구겨진 오늘을 지워내는 일

오케이 다림질

스팀을 뿜어내며
우리가 시작된 곳으로 달려간다
(이상한 나라의 폴처럼)
대륙의 내장을 관통한다 건너간다

우리는 이 세계를 가로지르는
씩씩한 다리미 주철 몸통의 사나이들

달구는 불과 식히는 물 사이로 전진
입 맞추는 자들의 입술과 입술
엉키기 전에
쫓겨 간 적들
재집결하기 전에
((랄라랄라 랄라 공격 개시))

무찌르자 다림질

민중이여 퍼부어라
적을 불태우자
(라라 라 라라 라이)
((오빠, 오라이 오라이))

우리의 기원 — 배수구 속에는

도장, 신분증, 화장 솜, 피지, 담뱃재, 4대강, 농단,
다리만 남은 오징어, 삿포로, 기표 용지, 오줌, 강제
동원, 후쿠시마, 젓갈, 저울…… 그리고 어제의 선거

정교한 망각의 기념체가 완성되었다

점묘화

정복당한 후에 무엇을 할 것인가
밀려오는 ― 매끄러운 ― 밤의 벨벳 같은 ― 농밀한
― 명령들
세계의 압점

연기의 아가리 속으로
암흑의 흉강 속으로

내 기술이 모자라서 너는 떠났어
무한한 속도 위의 너는
녹아드는 ― 미끄러지는
· · · · · · · · · · ·

사랑이 부족해서 우리 둘은 파손

사랑이 부족해서 우리 둘은 고장

피우기 위해 멀어지는
나와 너의 몸

꽃, 산 채로 묻힌다
꽃, 선 채로 그슬린다

하이퍼리얼리티

미간 사이
종이비행기
날아간다

오징어를 하는데
친구가
날 지운다

동그라미 세모
바깥의 얼굴
희미해진다

운동장의 아이
두족류에게

잡아먹히는 오후

축조되는
햇빛

8월
누군가 나를 만진다
발갛게 익는다

나는
안으로
깊이 사라진
오징어 안으로

지퍼 마우스

네가 날 버렸다

뭉개진 입술로 운다

넥서스

너를 되찾았다

쓰다듬자 다른 곳으로 달려갔다

고치들 매달린 연인들

갉아내는 바람 얇아진 껍데기

날개 마르기 전 부스러진 나비

플러스

한 방울
피

놓친
물풍선처럼

찢어진
고요 속에서

너는
체세포분열중

아카시아

아가씨야
꽃이 부서진다

나보다 일찍 돌아와서
나보다 늦게 돌아서는 사람
벌써 지워지는 사람
무릎부터 허물어지네

나의 아가씨
스러진 하양

피 마른 후
떠도는 꽃내음

유체 이탈

저녁의 아카시아 격파술

버튼을 눌러도 꺼지지 않는 꽃
식육점의 전등처럼 눈 뜨는 꽃

연소되는 것의 정적

벤젠, 머리 없는 좌불, 꽃잎, 바다의 눈동자들, 징
박힌 울음

저녁은 푸르고
저녁의 잎은 무성하여 뿌리가 깊고

날던 새는 날개 잘리고

달아난 짐승은 다리가 짧아지고

허공에서 발생하는 얼굴

구멍마다
꽃 벌어진다

밤의 디스크 쇼

라디오 세계의 인간은 싱글벙글
희망곡은 〈Wonderful Tonight〉

나를 신청하세요
사랑받기 위해 봉사받기 위해

라디오는 우리의 희망
라디오는 우리의 첫사랑
라디오는 이웃 누나의 상냥함
라디오는 가내수공업의 조력자

라디오 속으로
이마 번득이는 파도 위로
한 잎 사연을 띄우고

실버들 같은 우리의 슬픔
물잠자리처럼 지직거리는 라디오

일어날 모든 일이 라디오에

눈꺼풀, 눈꺼풀, 스위치, 딸깍딸깍
라디오는 저 먼 여인숙의 속삭이는 불빛
우리는 반복적인 잡음

다음 곡은 나미의 〈영원한 친구〉

오늘 밤의 입구 너머에서
환한 침묵 깜박거릴 때

라디오 속사포 우리를 우그러뜨리네

뒷골목

가로수 목청(木靑)
근육 옆에서

딸이 말한다
심심해

심(心)
심(心)
안에서
나와 아이
멀게진다
일요일 오후

심(深)

심(深)
해진 거리
이울 무렵
전봇대
직립
너머

나타나는 것들
걸어 잠그고
달그락거리는 것들

바람이 분다
슬픔이 부석거린다

영원(永遠)

마을버스에서 아이가 가만히 손을 올려놓는다

허벅지에 빨판 같은 나뭇잎 한 장이 내려앉았다

내가 어린 아버지 손을 잡고 걷는다

길 끝에서 우리는 헤어질 것이다

성동교에서

물에 어룽대는 이탄(泥炭), 아세트알데히드, 베를린
장벽, 신현(新縣)의 철조망⋯⋯

사위를 둘러봤지만 아무도 찾지 못했다

방아쇠 당기기 전 숨을 멈춘다

너를 만나기 위해 노을 뒤로 떠나려고 해

다리 아래 네 얼굴 일렁이는데

딱딱한 어둠뿐

추억의 성동교

다리의 남쪽과 북쪽
석양과 한 줌 그리움
새의 부리와 다가오는
불빛 불빛

이곳에서 그곳으로
그곳에서 더 먼 곳으로
종말 없이 이동하는 다리

가라앉을 줄 모르는 분진

나는 어슷하게 절단되고 있다
어둠의 모서리를 두드려본다
건너가서 뒤돌아보면

나는 누구일까

갈매기 흑점이 된다
연기가 빈 몸을 채운다

Goodbye cruel world

여기 내가 있었다

우리가 다시 만날 날

틈이 넓어진다
길은 서향

도열한 가로수
초록 비명 쏟아낸다

아직 늦지 않았다
아니, 이미 끝났다

돌아갈 수 있다
그래, 돌아설 수 없다

극명하다 우리 둘
아무것도 볼 수 없다

살갗이 갈라진다
멀어진다 멀어진다

바라보며 기다린다
나를 받아줘

차선과 차악
응답이 없었다

늘어선 병목 초병들
여름 속으로 빨려든다

너의 흉곽 속을

걸어가는 것 같아

존재 안으로 깊게
내부, 더 뜨거운 곳으로

곡산에 도착하면
너는 사라질 것이다

혼자였다가
서로가 되었다

혼자 남겨져
끊어질 때까지

걷는다
문드러질 때까지

안녕 나의 흑암이여 안녕

Happy birthday to you

발골, 네가 나에게서 떨어져 나갔다

창문을 틀어막고, 출입을 봉쇄하고
내가 움직이지 못하게, 빠져나가지 못하게

콘크리트와 철근처럼 우리는 떨어질 수 없고
아무것도 되지 않게 해야 한다

뼈가 물러지는…… 피 한 방울 남지 않은……
나프탈렌처럼 사라지는…… 내가

너에게 스며들 때, 너의 발열, 나의 동결
하나였다가 둘로 쪼개지는 것

나의 피 네 살이 되고
너의 피 내 몸을 채우고
피는 피로 나의 피는 너의 피로 너의 피는
나의 피로

터질 것 같다

냇가에 나가 앉아 나를 기다리는 너는 밀려드는 저
녁을 응시하고 슬픔과 증오가 구별되지 않고, 덩그러
니, 숨이 사그라들고

너는 나를 부르고 나는 돌아가지 않고, 물끄러미,
어제의 나를 돌아보네 얼굴이 흘러내렸네 전염병처
럼 저녁 속으로 퍼져가네

훈향 가득한데, 먹구름 우글거리는데, 빼앗긴 것 같은

밤은 지워지는 사람 쪽으로

너는 나를 잃고 토마스처럼 탈선한다

Kyrie eleison

실성(失聲)하고 실신(失身)한다
너를 잃고 나를 지운다

벗은 채 거울 앞에 선다
네가 나를 바라본다
네가 나의 몸을 당긴다

물방울이 맺힌다
나에게 다가온다
안쪽에 불덩이가 들어찬다

흰 빛이 떠오른다

파열이 있었다

입김, 네가 있었다는 흔적

너는 부드러웠어
고마운 몸

*

아이들이 쌍분(雙墳) 위에서 논다
네가 내 몸에 손을 얹는다
죽은 자들이 우리를 둘러싼다
하나의 어둠 또 하나의 어둠
쌓인다 또 쌓인다
한 모금 또 한 모금
너의 날숨을 들이마신다

너는 분명해진다
허공에 돋을새김되는 얼굴

검은 안식일에 되살아난
너의 몸이 여기에 있다
가슴과 가슴 아슴푸레하다

사라지려는 것들
돌아오려는 것들
뒤엉킨다 물큰거린다

고목(枯木) 구멍에 흑혈(黑血) 바다

너를 잃어버리고 너를 버리고

나는 야위어간다 사랑에 죄지어
피골이 들러붙는다 마땅한 처벌이다

새파란 안광이 번뜩인다
짐승이 목덜미를 깨문다

네가 돌아왔다

봉분 사이 도깨비불 날아다닌다
네가 나를 데려간다 함께 눕는다

따스한 어둠의 몸속
너를 어루만진다
별이 이마 위에 일렁인다

높고 깊고 끈끈한 사랑
현현

난파의 각도

8월의 빛살
그림자 터뜨린다

이별
정녕
아름답구나

뜨거운 식물들
뻗어온다

가까운 곳

박주가리 수의

돌아오겠다는 약속
이루어졌네

다시

엉킨다
근친이
발생한다

접종과 영속(永續)

돌아서자 그 사람 세면대 물 빠지듯 사라져버렸다

그 밤의 따스한 살로 온몸으로 그것을 더듬는다

빨개진 청년처럼 웃는다 환해진 나는 청량하게 달큰해지네

목소리 부스러지는 대숲을 빠져나오고 바람 ─ 줄칼 몸을 쓸어낸다

그 사람의 이미지 넘친다 뭉친다 눌린다 쌓인다 흘레구름 나를 벤다

허공의 열상(裂傷)에서 배롱꽃 비어져 나온다

나를 폐색한다 모든 출입구를 닫아건다 시녀처럼
그 사람 출렁인다

절골(折骨)

버려져 부서졌네

허공에 들어차는

흘리는 눈물 흐르는 피

30년 동안 어루만졌는데
무엇을 잘못했을까

사랑한다는 말 한 마디

마디 마디

꺾이고 부러지고

절뚝이다가 멈춰

돌아본다

내가 타들어간다

시인 노트

시의 변화가 필요하다. 움직여야 한다. 언어를 바꾸고 싶다. 오늘의, 부역의, 배반의 언어를 부정한다. 육체를 개조한다는 것, 불가능하다. '저들'의 언어를 거부하고, 새로운 언어의 몸으로 변태하고 싶다. 그것의 가능성을 믿는다. 문형(文型)의 변화를 동반하지 않으면 언어는, 몸은, 바뀔 수 없다. 불가능과 가능이 병존한다. 세계의 언어(체)를 변혁해야 한다. 권력과 이념과 불의의 언어들. 언어의 혁명을, 부정(不定)의 영구동력기관인 언어 운동체를 꿈꾼다, 도래할.

'언어'가 주어인 어떤 문장의 서술어를 알고 싶다. 언어는 무엇인가.

세 번째 사랑이 다가올 것이다. 운명이 나를 데리고 갈 것이다. 네가 가슴을 무너뜨린다. (거짓이라고 생각한다. 거짓임이 증거 없이 판명되었다.) 이것이 삶(=가상)이로구나. 모니터 (모더니티) 너머로 보이는 아파트들. 서녘 잿빛 하늘 앞에서 쓰고 있지만, 이것을 글이라고 생각하지 않는다. 그 어떤 것도, 네가 없는데, 사랑이 될 수 없다. 내 몸을 통과하는 언어, (사실성), 그것의 시작과 끝. 생성하고 소멸하는 시. 움직이는 것들, 영원을 향해.

'너'를 쓴다고 네가 나타나지는 않는다. 시는 아무것도 아니다.

한 문(장)단을 쓰기 위해 어떤 생각, 느낌, 감정이 동원(훈련)되어야 할까. 사용한 후 빈 자리에 무엇이 (누가) 들어찰까. 파란 하늘 아래 누가 (무엇이) 돌아올까. 발작(적 가을)이 (마침내, 어떤 것이) 찾아올 것이다. 창밖을 내다보면서 음악을 곁에 두고, 창공을 바라보고, 꿈에 젖어든다.

마음이 몸을 (네가 나를) 움직이게 한다. 내일이 오기 전에 이별을 끝낼 수 있을까. 하루가 길고 길다. (깁고 깁는다.) 일 (너) 없음은 자유이다. 찬미한다. 나는 아무(것이)나 되어도 좋다. 네가 모든 것이었는데, 지금 너는 어떤 것이 되었고, 나는 그것이 되었다. 우리는 쓸쓸한 사물에 불과한 존재들. 서로 버리고 버려진 자들.

'너'는 비인칭 주어가 되었다.

집안을 휘감는 짜파구리 냄새. 아이가 나무 식탁에 앉아 후후 불면서 라면을 먹고 있다. 주황색 LED 불빛. 음악이 멈춘 사이, 비집고 퍼지는 빗소리. 너의 환후(幻嗅). 살아 있는 한 슬픔은 사라지지 않을 것이다. 살아 숨 쉬고 있는 한 사랑은 (첫사랑도 두 번째 사랑도) 이루어지지 않을 것이다.

마지막 희망을 품고 (서로) 속이면서 속으면서 살 수밖에 없다. 끝이 보이지 않는다. 모든 것을 포기하고 싶을 때가 찾아온다. 나무들이 떠날 (불탈) 것이다. 겨울 (거울) 속으로 빨려들 것이다. 별리라고 말하지 마.

너는 꿈이었어. 인생은 기호들의 시뮬레이션이다.

It's a beautiful life!

사랑하고 사랑받으며 살 수 있을까, 묻는다. (파묻는다.) 돌아갈 수도, 돌아올 수도 없다. 부정(유정)에서 긍정(무정)으로 전환하는 것, 이별 후의 이별.

어둠이 내려온다. 보고 싶(지 않)은 사람이 있는지 물어본다. 많다고 대답하는 나는 누구인가. 망각조차 따스해진다. 음악은 멈춤 없이 나를 포위한다. 네가 사라지는 중이다. 너(두 번째, 첫사랑)는 어디로 가는가. 나는 어떻게 여기에 도달했는가. 정지.

발문

오! 행복한 마음 오! 즐거운 인생 예!

박상수(시인, 문학평론가)

　문단의 선후배로 장석원 시인을 알고 만나온 지 십수 년의 시간이 흘렀다. 그간의 만남이라야 여러 문우들과 어울리는 술자리 혹은 문예지 주최의 좌담 정도가 전부였다. 그런 면에서 특별한 인연을 내세우기란 물론 어렵겠지만 만남의 순간마다 내가 받은 인상은 그가 권위를 내세우길 싫어하고 격의 없는 농담을 좋아하며 무엇보다 사람을 좋아하는 선배라는 점이었다. 워낙에 말주변이 없어서 술자리에서 있는 듯 없는 듯 앉아 있는 나에 비하자면 그는 활달하고 유쾌하게 자리를 주도하는 사람에 가까웠다. 그런 그가 "교단에서 문학과 시를 가르치면서, 이미지를 회의하게 되었고, 시의 무용함에 좌절했고, 내 언어의 파탄에 경악했다. 다른 것이 필요하다는 깨달음이

강렬했지만 한 걸음도 떼기 힘들었다. 실패했다는 분명한 사실 앞에서 되뇌었다. 왜 그렇게 되었는지, 내가 어떤 길을 걸어왔는지, 내가 어떤 존재를 소신(燒燼)시켰는지 따졌다. 자유와 해방과 침잠과 고독을 저울질했다. 걷고 걸으며 나를 소진했다. 남은 것이 없었다."(장석원, 「시의 터전으로 ─ 김달진 문학상 수상 소감」,《서정시학》, 2023년 여름호 중에서)와 같이 쓴 글을 읽을 때, 나는 장석원을 다시 보게 된다. 내가 놓친 그의 진지하고 격렬한 내면이 활달 혹은 농담과 겹치면서 비로소 그를 입체적으로 바라보게 만들기 때문이다. 그러면 나도 모르게 80년대 말 90년대 초의 대학가 지하 막걸리집으로 되돌아가서 '혁명과 사랑'을 드높이 외쳐 좌중을 이끌던 선배들의 얼굴을 떠올리게 된다.

장석원 시의 특징을 '자유간접화법, 음악적 콜라주, 이미지의 파격적인 흩날림, 비약적인 리듬감'(이찬)에서 찾은 평가는 여전히 그의 작품을 이해하는 중요한 참조점임에 분명하다. 어느 때부터인가 내가 주목하게 되는 부분은 '기원'에 관한 것이다. 장석원 시의 기원이 '혁명과 사랑'이라는 것을 부인할 사람은 없을 테지만 2023년이라는 지금의 시간까지 저 기원이 영향력을 발휘하고 있음을 확인하는 일은 놀라움으로 다가온다. 예를 들어 "숙이고 눈물 흘릴 수 없다/광화문의 불빛을 바라본다/일그러져 신음하는 너를 끌어안는다/나는 아직 너를 버리지 못했다"(『여기, 이방(異邦)에서』)라든지 "좌에서 우로 날아가는 화염병/백골단 투석전/정확하고 집요한 단절//(…)//노동 해방과 미제 축출이라는 강령이 있었다"(『Superman returns』)와 같은 구절을 읽을 때, 나는 '화염병' '백골단' '투석전' '노동 해방' '미제 축출'이라는 80년대적 단어에 여전히 놀라면서 "아직 너를 버리지 못했다"는 문장을 (장석원의 리믹스 속에서) 이 단어들과 겹쳐 읽는 착란을 벌이게 된다. 그리하여 한 인간이 뜨겁게 자신의 출발점으로 삼은 '기원'이 여전히 살아 숨쉬는 현장을 발견하고 이상하게 마음이 꿈틀거림을 느낀다. 이를 시대착오라고 말할 사람도 있겠지만 내게는 모두가 다 떠난 현장에 남아 여전히 꺼지지 않는 불꽃을 소중하게 지켜내는 사람을 보고 있는 듯한 환영으로 다가온다.

그런 면에서 장석원의 특기는 '지금 여기에 기원을

되살려 침투시키는 과업'을 자신의 포기할 수 없는
이념으로 유지하면서도 자기 이념 안팎의 균열과 모
순을 직시하는 것이다. 또한 그것을 적극적으로 발굴
하려는 노력을 통해 자신의 기원이 이데올로기화되
는 것을 저지하려는 '아이러니한 거리두기'의 태도
에 있다고도 할 수 있다. 권위를 내세우지 않는 그의
격의없음은 여기서 나온다. 장석원은 "약병/추락하
는 순간//다른 얼굴이 도래하고/다른 얼굴 밑으로/
나는 녹아든다"(「봄, 비명」)라든지 "건너가서 뒤돌아보
면/나는 누구일까"(「추억의 성동교」), 혹은 "봉기는 사라
졌고/몸은 풍장되었다//사랑은 끝난 것일까/무엇이 없
어진 것일까"(「단재(丹齋)」)와 같은 질문을 던짐으로써
'혁명과 사랑'이 끝난 뒤에 남은 것을 지켜보는 자의 마
음으로, 또는 자기 이념을 포기하지 못하는 한 사내의
풍장을 상상하는 메타적인 시선으로 끊임없이 자기 자
신을 부정하고, 무너뜨리며, 바깥에서 보거나, 다시 보
는 방식으로 괴롭히는 실험을 멈추지 않는다. "나는 나
를 도축한다"(「Under conctruction」)는 문장도 나는 그렇
게 읽는다.

그러나 이것만으로는 충분하지 않다. 그는 기원의 실패 이후, 폐허의 삶을 확인하고 버티면서 지금까지 끈질기게 살아왔다. 어느 순간 '아이러니한 거리두기'가 '무심한 방관주의'로 전락하여 역사의 진보에 대한 기대를 괴멸시키는 파탄으로부터 스스로를 구원하기 위해 장석원은 멜랑콜리한 노래를 늘 같이 불러왔다. 「밤의 디스크 쇼」에 등장하는 가수 나미의 노래 〈영원한 친구〉(1986)의 가사에서처럼 "서로 다 같이 웃으면서/밝은 내일의 꿈을 키우며 살아요/오 영원한 친구 오 행복한 마음/오 즐거운 인생 예/오 영원한 친구 오 행복한 마음/오 즐거운 인생 예"와 같은 쾌활과 낙관의 노래를 부를 때 장석원은 가짜인 것 같은 노래를 실은 가짜가 아닌 방식으로 전유하여 부른다. "오 영원한 친구 오 행복한 마음/오 즐거운 인생 예"의 일정부분 연기(演技)된 세속적 쾌활은 "희망곡은 〈Wonderful Tonight〉"(「밤의 디스크 쇼」)의 진지함과 맞닿아 있으며 그런 의미에서 장석원은 무수한 이별을 반복하고 실제로 아파하면서도 어떻게든 기원을 보존하려 지극한 노력을 포기하지 않는다. 자신을 어릿광대의 탈을 쓴 아이러니스트로 만들어 기원을 지켜내는 이 방식이 놀랍다. 그는 넘어지고 부서지고 파괴되었더라도 결과적으로 한 번도 자신의 기원인 '혁명과 사랑'을 버린 적이 없다. 내가 장석원의 시를 사랑하는 이유도 여기에 있다.

시인에 대하여

장석원은 자신의 전략에 절충과 타협을 용인하지 않는다. 그런 의미에서 그는 시집의 표제처럼 "아나키스트"이다. 보수나 진보, 낡은 것이나 새것, 남성이나 여성, 어른이나 아이로 나누는 세계의 어떤 체계나 범주에도 귀속되지 않는 아나키스트가 할 수 있는 유일한 행동은 끊임없는 부정뿐이다. 과거를 부정하고, 현재를 부정하고 나아가서는 자신까지도 부정할 수 있는 순간까지. 그리하여 시인은 이렇게 말한다. "할 수 있는 일은, 오로지 몸을 흔들어 한마디 내뱉는 것일 뿐. '테러하라'."(「꿈, 이동, 속도 그리고 활주」)

전병준, 「고독한 아나키스트의 초상-장석원 시집 『아나키스트』

(『문학과지성사』, 2005)」, 『문학과경계』 2006년 봄호(통권20호)

장석원의 다섯 번째 시집『유루 무루』역시 감지의
자유자재, 시적 사유가 호활하여 서정성의 확장성을
크고 깊게 열었다. 고백적 혹은 선언적 시적 언술의
초입을 지나, 메타비평적 언술을 넘어, 헛된 희망이
무사히 영원히 계속되고 있음을 감지한 시집『역진
화의 시작』, 그리고 "내 시란 내 입에서 호랑이 한
마리가 나가는 것"이라는 방아쇠를 당긴 시집『리
듬』의 착종된 삶의 양상을 보았었다. 이번 시집은 비
가시적 언어를 뚫고 '내 몸에서 시 하나, 시 한 구절
이 생길 때까지' 치열한 파토스의 쾌고(快苦)이어서
인간적인 너무도 인간적이다.

이성모, 제34회 김달진문학상 심사평에서

『유루 무루』는 각별한 사랑의 경험에 대한 심미적 변주 과정을 격렬하고 아름답게 들려준 결실이다. 사랑의 흡인력이 시인 특유의 음악적 자의식에 얹혀 섬세하고 정밀하게 구현되고 있다. 그러한 목소리와 비교적 다양한 형식이 결합되어 나타나는 장석원의 미학은 우리에게 비상한 감동을 주는 동시에, 독자들의 상상적 경험들을 끌어들여 자신만의 창조적 흔적을 만나게끔 해주고 있다. 이는 시인의 개성적 언어에 의해 발생하는 순간의 틈을 비집고 언어와의 일체를 꿈꾸는 우리의 의지 때문에 발생하는 순간이기도 할 것이다. 그 점에서 이번 시집이 건네는 창조적 역량은 폭넓게 인정될 만하다. 단연 장석원 시의 확장 과정을 담아낸 빛나는 성취라고 할 수 있을 것이다.

유성호, 제34회 김달진문학상 심사평에서

K-포엣

이별 후의 이별

2023년 11월 30일 초판 1쇄 발행

지은이 장석원
펴낸이 김재범
펴낸곳 (주)아시아
출판등록 2006년 1월 27일 제406-2006-000004호
주소 경기도 파주시 회동길 445 (서울 사무소: 서울시 동작구 서달로 161-1, 3층)
전자우편 bookasia@hanmail.net

ISBN 979-11-5662-317-5 (set) | 979-11-5662-649-7 (04810)
값은 뒤표지에 있습니다.

Through literature, you
bilingual Edition Modern

ASIA Publishers' carefully selected

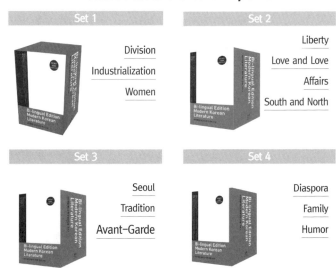

Set 1	
	Division
Industrialization	
	Women

Set 2	
	Liberty
	Love and Love
	Affairs
	South and North

Set 3	
	Seoul
	Tradition
Avant-Garde	

Set 4	
	Diaspora
	Family
	Humor

Search "bilingual edition

can meet the real Korea!
Korean Literature

22 keywords to understand Korean literature

Set 5	
Relationships	
Discovering	
Everyday Life	
Taboo and Desire	

Set 6	
Fate	
Aesthetic Priests	
The Naked in the	
Colony	

Set 7

Colonial Intellectuals Turned "Idiots"

Traditional Korea's Lost Faces

Before and After Liberation

Korea After the Korean War

korean literature"on Amazon!

K-픽션 시리즈 | Korean Fiction Series

〈K-픽션〉 시리즈는 한국문학의 젊은 상상력입니다. 최근 발표된 가장 우수하고 흥미로운 작품을 엄선하여 출간하는 〈K-픽션〉은 한국문학의 생생한 현장을 국내외 독자들과 실시간으로 공유하고자 기획되었습니다. 〈바이링궐 에디션 한국 대표 소설〉 시리즈를 통해 검증된 탁월한 번역진이 참여하여 원작의 재미와 품격을 최대한 살린 〈K-픽션〉 시리즈는 매 계절마다 새로운 작품을 선보입니다.